Hare tokidoki Saru
Katagiri Hidehiko

晴れ　ときどき　サル

片桐英彦詩集

ふらんす堂

晴れ　ときどき　サル＊目次

詩集

晴れ　ときどき　サル

梅日和

冷たい北風の吹く二月
もう梅は咲いているだろうと
城跡の公園に上ると
華やかな紅梅にまじって
たくさんの梅の樹がひっそりと
白い花を咲かせている
ちょうど去年の今頃
臥竜梅のように
斜めになった一本の古木から

新しい枝が伸びて
白い花をつけていたのを思い出す
あれからもう一年たったのだ
この一年
僕は何をしてきたのかと思うよりも先に
同じ古木の同じ花に会えたことが
うれしくて
しばらくその前に立っていた
今年も会えなくなった友人が何人かいる
それに比べ
この古木は枯れそうでしぶとく花を咲かせ
たくましく生きている
老木は
こうでなくっちゃね

晴れ

見上げれば
青空をバックに
トビが舞っている
まるで
僕の庭を中心に刺したように
トビが舞っている
トビに刺された庭の中心にいるのは
僕
刺された僕の心

美しい四季の花に囲まれた
空っぽの僕の心
それは
美しくもないし
ただむなしいだけの
空っぽの心
トビは
ブラックホールの周囲を回る銀河のように
いつまでも回っている
何かがあるのだ
まだ言葉にならない何かが
まだ星にならない星雲が
言葉になるのを待って
舞っているのだ

暑い日

スクーバダイビングにはまっていた昔
息子と一緒に沖縄に潜りに行ったことがある
澄んだ海を泳ぐ青く光る小魚と
珊瑚のかけらが積もった純白の海底に満足して
陸に上がると
熱い風と日差しでたまらなく喉が渇いて
宿の近くにあると教わった店で
冷たいものと菓子でも買おうと出かけたが

真夏の沖縄の昼過ぎに歩いている人の姿はなく
店の看板もない
しんと静まり返った家並みが続くだけだった
途方に暮れていると
子供はつかつかと一軒の家に入って
揚げたドーナツと冷たい水を手に戻ってきた
良く店が分かったと驚くと
彼は
当たり前の顔をして水を飲んでいた
あれから随分と時間が過ぎ
なぜ店だと分かったのかと
何時かは尋ねようと思っていたが
彼はそのまま親元を離れ遠い大学に行ってしまい
あの暑い日の思い出だけが

何時までも僕の中で半煮えのまま残され
夏の日々は生ぬるいものになった
白い珊瑚の海底を音もなく泳ぐ青い小魚の群れは
こんなにも鮮明に脳裏に刻まれているというのに
一つの疑問だけが答えられることもなく
ひっそりと白い時間の底に沈んでいる

人とサルの間に

年の暮れと
年の初めに
猿田彦を祀る神社には
参拝する人が集まる
ふだんは忘れられたような
小さな神社だが
その日ばかりは賑やかで
一年の幸運を願い
玄関に飾る縁起物の
サルの面を求める人が列をなす

素焼きのサルの人形もあり
可愛い人形の中には
おみくじが入っている
僕はサルの人形を三つ買って
おみくじは出さないまま神棚に並べた
だから
今年の僕の運勢は
サル任せ
良くても悪くても誰のせいでもない
僕のせいでもないし
もちろん神様のせいでもない
三匹のサルのせいだ
運なんてそんなものだろうよ

冬の雨

僕のバンドのメンバーは
いつも誰かが足りない
リードボーカルがいない時もあれば
ギタリストがいない時もある
メンバーが足りないままで
ライブをすると
観客は拳を上げ
足を踏み鳴らして怒る

そう
僕の詩には
何かが足りないのだ
決定的に足りないのが分かっていて
詩集を出し人に贈ると
読者は拳を振り
足をバタバタして
あざけったり
無視したり
ゴミ箱に捨てたりする

冬の雨は
昼も夜も降り続き

ライブの観客の足元を濡らし
ゴミ箱を濡らし
水溜まりを打つ

足りないものは
すでに僕の中にあるのだ
それを手に入れるには
情熱と努力と
自分を信じる力が必要だ
自分が空っぽだとしても
そのことを言葉にしなければ

青空

立春の日は
ひさしぶりに晴れて
ほのかな紅色を縁にまとった椿
見事な八重のクリスマスローズ
冬の名残の白いスノードロップ
そしてどこからか漂う蠟梅の香
これらの
春と言うには早すぎる早春の庭で

僕は深く息を吸い
早すぎた八十年の日々を
青空に向かって
おおきく放つ
かすかなため息と共に

サル

ひさしぶりに知人に会ったら
最近は
人に会うだけで顔が赤くなる
対人赤面症になって困っている
何とかしてくれと言う
どうしていいのか分からずに
悩んでいると
ふと思いついて

では
サルと対面したらと言ったら
サルとなら大丈夫だろうと言う
これで彼の問題は片付いたが
サルは
耳まで真っ赤にして怒っている

冬の花

暖かい日が続くと
花たちは
もう春が来たかと考え
ボケやスイセンや梅を咲かせる
そして次の日に
冷たい二月の北風が吹き荒れても
もう遅い
蕾ならまだ良いが

咲いてしまったのはどうしようもない
そのままひっそりと
冬の風に吹かれているだけ
季節は気まぐれで
このような年もあるさと
花蓋をすぼめて
やり過ごすしかない

晴れ　ときどき　サル

青い空からサルが降る
降りに降って
道には
サル溜まりが出来ている
走ってきた車が
サル溜まりを撥ねる前に
サルたちは軽々と
僕に跳び移る

中には僕に入り込む奴もいる
サルが降り止んでも
そいつは僕にしがみついたまま
離れない
まじめな話をしようとすると
ひょいと顔を出して
それって本心かと言う
余分な欲や野心を無くし
サルのように
単純明快に生きたいと願うが
その願いだけで
サルにはなれない
まして
サルと共存するには

まだまだ
空から降ってきたのは
サルの形をした
僕の心だったかもしれない

天体望遠鏡

天体望遠鏡は
本体と低倍率のファインダーとの光軸が
一致していないと
狙う天体を見ることはできない
身近な現実が
遠い目標と同じ視線の先にあることが
大事なのだ

秋の散歩道

あまりに天気が良いので
庭仕事を放り出して
城跡の小道を歩くと
まだ黄葉もしていない
公孫樹の根元に
おびただしい数の銀杏の実が落ちている
遠い国の遠い日に戦争があり
大勢の若者が亡くなった

そのおびただしい死者の中には僕の父もいる
鉄のヘルメットをやすやすと貫通する弾丸
なぎ倒されて土にかえった緑の若木
硬い殻に包まれ地中に埋もれた
ヒスイ色の銀杏の実も
いつかは大きな公孫樹になると願って

詩集

今までに
十冊以上の詩集を書いては
むやみに人に送り付けた
というより
正確には
じぶん自身に送ったのだが
もらった人は迷惑だったろう
僕にとっても

迷惑だったのだから
恥ずかしさを隠すために
臆する事無く
また書いては自分に送った
いや
書かずにはおれなかったのだ
科学技術が先行し
迷いながら歩かなければならない
この時代
癒すことのできるのは
言葉だけだと信じて

縁日

秋になると
近くの神社で祭りがあり
沿道には
りんご飴や焼きイカや
ホットドッグの屋台が並ぶ
そのにぎやかな一角からちょっと引っ込んだ隅に
一匹の年老いたサルが
これも結構な年のおじいさんのそばでうずくまっている

かつてサル回しの芸は
人だかりができるほどの人気だったが
今ではあやつる芸人も少なくなり
サルも老いて疲れたらしい
動物愛護のスローガンも一役買っているに違いない
薄汚れた紅白の布を張った箱に
エサ代にでもなればと硬貨をそっと入れて
通り過ぎようとすると
おじいさんは顔を上げて
サルと握手して行ってくれと言う
それを待っていたようにサルも手を伸ばして寄ってくる
今までにサルと握手をしたことは無く
ちょっとばかり怖くて
ちょっとばかりためらったがむげにはできず

手を伸ばすと
サルの手のかさかさと乾いた冷たさが伝わってきた
それは
秋の終わりの世間の風に吹かれた
おじいさんと
その連れの
心細い冷たさだった
空は青く晴れていたが
縁日が終わればもう冬も近い

ゴールドな時計

ささやかな
我が家のバブルの頃
僕は美しい金の腕時計を買った
時計もバンドも金色に輝いていたが
キラキラな時代は
あっという間に終わり
ささやかな
我が家のバブルも

ポンとはじけ
安心感だけが残った

自分らしく

人は自分らしく生きなさいと言う
そうは言っても
自分とは一体何かと言うのは難しい問題で
朝食にいつもトーストにハムを挟んでたべるが
時にはオレンジマーマレードを塗ってみる
それが自分らしいということか
あるいは一日の終わりに
何事もなくいつも通りに一日を過ごせたことが

自分らしいことだと考えれば
それもそうだと思う
そして同時に
そんなものはまったく
自分らしいというようなものではないとも思う
自分らしいと言うのはベッドの上で
薄い悔いの布団に何度も寝返りを打ち
明日は明日の風が吹くと
開き直って
眠りにつく方が
よほど自分らしいようにも思えるが
熟睡して
朝日を浴びると
そんなことはさっぱりと忘れ

終わることのない庭仕事に一息ついて
冬の陽に暖められた鉄の椅子に腰を下ろし
そのほのかな温もりに浸り
きれいになった庭に
ほのぼのと幸せを感じる
その方がよほど自分らしいと思われる
季節ごとに手入れをし
肥料を入れ花を植え替える
僕の好きなこの庭は
天まで続いている

運命の海

佐賀県唐津市の玄界灘に面した入江に
西の浜と呼ばれる遠浅の浜があり
夏の間は海水浴で賑わい　夜には花火大会が催されたりする
その西の浜の沖に鳥島という小さな島があった
大学一年になって親元を離れた初めての夏休みに
僕は貸しボートを漕ぎ一人でその島に行ったのを覚えている
周囲一キロ程の小高い丘には鬱蒼と樹が茂り
波静かな透き通った海面に青々とした影を落としていた

唐津を望む小さな島の浜辺にボートを引っ張り上げ
ぼんやりと街の方を見ている時
とつぜん何かの気配がして振り向くと
驚いたことに一頭の大きなサルが
僕のすぐ隣に座って僕の方など見向きもしないで
街の方をじっと眺めていた
僕はゆっくり立ち上がり
サルと目を合わせないようにしてその場を離れ
ドキドキしながらボートを海に戻して大急ぎで漕いで帰った
街に戻ってすぐ図書館で鳥島のことを調べると
元々は唐津の里山にいたサルが増えすぎて農作物を荒らすので
何頭かを捕獲して無人島の鳥島に放ったことが分かった
それから半世紀余りが過ぎ　もう唐津に帰ることも無く
稀に知人の訃報に故郷を思い出したりするが

その時に必ずあのサルの姿がうかんでくる
もう生きてはいないだろうが
あれが見つめていたのは何だったのか
サンタモニカの賑やかな浜辺で
人込みから離れて一人海を見ている僕と
小島の浜に座って海を見ていたあいつ
過去と決別し新しい世界に生きようと歩き続ける
野望と野心の道に時おり影を落とし歩みを止めさせるもの
それは冬のぬかるみのように冷たく淋しい望郷の思いだったが
故郷の過去の記憶も未来の夢と同じように様々にうつろい
茫洋として何一つ確かなものはない
僕らが見つめていたのは過去と未来の間で波のようにうねる
大きな運命とでも言うものだったに違いない

渇き

脱水症にならないよう
高齢者は
喉の渇きを感じる前に
水分と
塩分を補給しろというが
この魂の
絶えることのない渇きには
一杯の冷えた井戸水と

一滴の涙があれば
それで良い

午後三時の横断歩道

午後三時になると
黄色の旗を持って
近所の横断歩道の前に立つ
小学一年生の下校時間
黄色いランドセルのカバーが見えると
旗を振って
走ってくる車を止め
一年生を向こう側に渡す

のだが
最近は子供の数がめっきり減った
一時間立っていても
黄色いランドセルは
多い日で三~四人
少ない時は一人
その代わりでもなかろうが
高齢者が多くなった
白い杖の人
歩くのが不自由で時間がかかる人
何故か横断歩道で止まってしまう人
そのたびに旗を振って車を止める
これじゃ
老々介護だ

買い物に行く時間は
午後三時と
決まっているわけでもないだろうから
もっと長く立っていれば
もっと役に立つかもしれないが
冬は足が冷えて痛いし
夏は脱水症になりそう
元気いっぱい歩いて来て
旗を振る間もなく向こう側に渡る
ビートルズの姿
午後三時の横断歩道

音のない世界

波打ち際の喧騒から逃れて
波の下に潜ると
そこは
音のない世界
噂話も憶測もなく
海藻がゆらゆらと揺れているだけ
見上げれば音もなく
波頭が波打ち際に向かって過ぎていく

二つの世界のはざまで
僕は
魚のままでいたら
どんなに良かっただろうと思い
陸に這い上がったことを後悔した

香りの記憶

春の宵であれば
梅
秋の夜なら
金木犀
故郷の記憶の中に咲く
菜の花とレンゲ草の香り

幼い孫たちに記憶されるのが

お婆さんが大切に育てている
スミレの香りだと良いが
爺さんのは
臭いタバコと
加齢臭だけかもしれないな

著者略歴

片桐英彦（かたぎり・ひでひこ）

1942年　佐賀県唐津市生まれ
詩　集　『ほたる文書』『枕辺のブーケ』『緩斜面』『木苺摘み』『空っぽの巣の中で』（いずれも海鳥社）『ヒポクラテスの髭を剃る』『橋の下の貘』『物のかたち』（第36回福岡市文学賞受賞）『青い壜』『回転木馬の秋』『恐竜よ』『ただ今診察中』（第46回福岡県詩人賞受賞）『夜更けの大根』『オマージュ鬼塚村』『四丁目の小さなクリニック』『緩和病棟』『南仏紀行』『風とベリーとレモンの木』（いずれもふらんす堂）『患者の目　医者の目　ぐるっと回って…──僕の生命倫理学』（中央公論事業出版）『生命の倫理２』分担執筆（九州大学出版会）『ロビンソン・クルーソーの海』（日本図書館協会選定図書）（朝日クリエ）

現住所　〒814－0103 福岡市城南区鳥飼５－13－35